그래 그래

개안타 울어도 된다

전 상 태

그래 그래
개안타 울어도 된다
ⓒ 전상태, 2024

초판 1쇄 발행 2024년 11월 15일

지은이   전상태
펴낸이   이기봉
편집   좋은땅 편집팀
펴낸곳   도서출판 좋은땅
주소   서울특별시 마포구 양화로12길 26 지월드빌딩 (서교동 395-7)
전화   02)374-8616~7
팩스   02)374-8614
이메일   gworldbook@naver.com
홈페이지   www.g-world.co.kr

ISBN   979-11-388-3657-9 (03810)

그래 그래
개안타
울어도 된다

전상태

차례

1부 희망

2부 동행

차례

3부 사랑

4부 삶

차례

그래 그래
개안타
울어도 된다

1부 : 희망

사소한 일상

얼음으로 웅크린 채
오늘을 살아가는 겨울 동화천

누구도 알아주지 않는
저 무료한 시간을 보내면서

봄날을 만나 금호강 되고
또 낙동강 되어

부산 앞 바다에
한시름 풀고
그대로 태평양 됩니다

기적이 됩니다

개망초 1

오늘도
동화천에
개망초 피어나
밤 되면 왕산 위에
별들 무더기로 피어나겠다

바위의 꿈

병산서원 앞
낙동강물 굽어보며
절벽 위 바위는 꿈을 꾼다
온몸이 부서져
징검다리 되는 꿈이다

가슴 젖은
이 땅 아버지들에게
빵 한 가슴 안겨주는 징검다리

돌아앉아
우는 연인들에게
오작교 같은 징검다리가
되기를 꿈꾼다

바위는 오늘도 온몸이 부서져
징검다리 되는 꿈을 꾼다
절벽에 기대어
바람에게 몸 맡기고 제 살을 찢고 있다

봄을 찾으러

안개 낀 날에 누이야
숲으로 가자
호랑지빠귀 애잔한 울음이
봄을 토해 내는
새벽.
숲으로 가자

손잡아 주다

나는 아무것도 아닙니다
그냥 버려져 있습니다

가슴 찢으며 누군가 울다
내게 손을 내밀 때
내가
그 손을 잡습니다
일으켜 세웁니다
눈물을 닦아줍니다

나를 잡는 그 심정을 알기에
나는 그를 안아줍니다
비로소 그가 눈물을 훔치고 돌아갑니다
나는 고요하게 웃으며 재가 됩니다
나는 지푸라기입니다

세상의 모든 딸들에게

소녀야! 힘들지?

하늘과 바다를 뒤바꾸는 그대들의 자유로움을
세상의 틀 속에 가두는
어른들의 욕망이 전차처럼 달려올 때 참 힘들지?
소녀야! 그래도 세상은
봄에 꽃이 피고 여름엔 태양이 두 눈 부릅뜬다
절벽 시퍼런 꼭대기에도
진달래가 무더기로 피어 연분홍 춤판을 벌인다
그대들 이제 그 꽃잎을 타고
바닷속을 날아보고 하늘 깊은 곳에 들어가 보자

어미야! 힘들지?

내 속으로 낳은 새끼들 내 수족은 고사하고
세상살이 돈돈돈 돈에 미쳐 도니 참 힘들지?
그래도 로또 같은 행운에 인생 맡기지 말자
세상살이 재미가 없어진다
사람 사는 이야기는 어미들이 만들어간다
지구별의 역사는 어미들의 몫이다
내가 다 안다 그대들도 알아야 한다
절벽 시퍼런 꼭대기에 진달래가 무더기로 피어나게 하는
바람이, 햇볕이, 그대 어미들이다

호수

너에게
내 흔적 남기려
물 깊은 곳
돌만 집어던졌다
동심원
물결 사라진 자리
내 아픈 팔만 남았다
그 아픔
널 찾은 흔적이라면
더
아팠으면

호기심

첫날밤이 아름다운 건
창호지를 뚫는 손가락이 있어서고
우리네 삶이 아름다운 건
내일이라는 벽 너머에
무엇을 보게 될까 싶어서다
세상 모든 이가
나무 한 그루
궁금한 가슴으로 키우면
가지가지 첫날밤이
주렁주렁 열매 맺겠다

폭포

바다가 저토록 푸른
희망의 빛을 가진 건
모여든 모든 물들이 한 번쯤은
폭포 높은 벼랑으로 떨어져
푸른 멍이 들었던 까닭이리라
삶이 끝내
고난의 벼랑 위에서도
희망을 잃지 않는 건, 바다 그 푸른빛
바닥을 딛고 오르는 폭포 그 푸른 멍을
사람들 가슴마다 품고 있기 때문이리라

누군가에게 바다가 된다는 것은
생명이 된다는 것이다

개망초 2

개나리 발자국
지워진 자리

금계국 꽃걸음
바빠진 자리

나도 꽃이다
꽃 진 자리 허전한
마음 다독이는
풀 이름 나도
꽃이다

그래 너도 꽃이다, 이쁜

5월의 길 위에는

글이 널려 있다
저희들끼리 시가 되고 있다
내 글이 앉을 자리가 없다

사람아
희망이 되고 싶은 사람아
5월의 길을 걷자
시가 되어 걸어가자

되지빠귀 한 마리
상수리나무에서 노래를 한다
되지되지되지빠
되지되지빠빠빠
시를 들려주고 있다

새 한 마리조차
5월의 길 위에선
햇살에 희망을 담는다

팔공산 케이블카

오르기를 좋아하지만
그 이유를 알기에
내려가기도 좋아한다
욕심껏 채우고 올라가지만
웃으며 비울 줄도 안다
한 줄에 매달린 삶이라고
슬퍼할 이유가 없다
내 몸속에는
아이들의 웃음이 흐르고
노부부의 살구색 미소가 새겨졌다

시지프스가 팔공산을 오른다
활짝 웃으며 올라가고 있다

치자 꽃

이웃집 녹색 창문으로
들여다본 흰 꽃

낯익은 백옥 저고리
그 향기를 알 수 없어

바람 가녀린
여름 어느 담장 아래
우리 다시 만난다면

한 번쯤
당신 그 향기
나의 시가 되어주시면

첫 키스

택시 불러 많이 취했어

걷고 싶어 잘 들어가

취해서 안돼 택시 타든지 그 여자를 불러 차를 가지고 오라고 해

그 여자라니

네가 결혼한다고 지금껏 횡설수설 떠들어댄 그 여자 말이야

순간 그는 먹어 댄 안주를 확인하는지 가로등 아래 왝왝거리며

지친 입을 쏟아냈다

야 넌 내가 결혼한다는데 화나지도 않아

왜 화가 나는데 너 미쳤구나

그 여자가 너야 이 바보야

와락 껴안은 그의 입술 안으로 그녀가 사라지고 있다

가로등 노란 불빛 눈을 감는다

좋겠다

못 먹고
위장 쪼그라든 채
죽은 몸뚱이는
이팝나무 아래 묻어주자

그 꽃 떨어진 자리
쌀밥이 피어난다
고봉밥으로 울며 피어난다

못 먹고 죽은 자 눈망울이
가슴에 피멍으로 새겨져 아프다
애통하는 자에게 복이 있나니
글이 밥이 되는 복을
내가 받으면 좋겠다

이팝나무 꽃 피는 늦봄
함께 발 디딘 이 땅 지구별 위에
보릿고개 넘는 사람들 없도록
피 토하는 내 글이 밥이 된다면
좋겠다
좋겠다

있을까?

투표를 한다
왕을 뽑는다 왕 심지뽑기를 한다

빵 내기 사다리 타기를 한다
안 걸렸다고 좋아라 난리다 걸렸다고 울상이다

왕이 된다는 건 빵을 사는 일이다
백성들 모두가 먹을 빵을 사는 일이다

왕이 되고픈 사람 모두
빵 내기 사다리 타기를 해보자
떨며 즐겁게 사다리를 타자
빵을 산다고
울상 짓는 사람 말고
좋아라 난리 치는
그런 사람 있을까?

있을까 그런 사람?

입춘

봄이 왔나 싶어
아기 사진을 들여다본다
봄이 왔나 싶어서
길을 나선다
봄은 고양이라기에
코끝 반짝이는 고양이 찾아 나선다
허기를 먹고 있는 고양이 등 뒤로
폐지 줍는 할머니 손수레를 끌고 간다
가득 실린 폐지 더미에
밥 꽃이 피어난다
국수 꽃이 피어난다
고양이 채워진 배
흰 털 사이로
이제야 봄볕이 아롱거린다

2부 : 동행

용서

나무는 바람이 가야 할 길을 알기에 가지 하나쯤은 내어준다
바람은 나무가 버티고 있는 이유를 알기에 나무 함께 노래한다

연 날리기

세상이 아파하는
바람 그만 불어오라고
가오리연 하늘 높이 솟아올라
온몸 젖히고 고함지른다

세상 사람 젖은 가슴
더 젖지 않도록
방패연 솟아올라
햇볕 내려오는 길 놓으며 그늘 밀쳐낸다

꽃바람 오는 길로
연 한 개 길 나선다
까치 떼 한 무리
따라나선다

어떤 동행

축제 같은
너의 길 옆으로
나의 길이 따라가고
그 사이엔 비가 내린다

우리 겹친 적 없는 시선 끝
놓인 두 길 위로
네가 걷고 나도 걷는다

심신장애 무거운 짐을 진, 너는
의미 모를 웃음으로 걷고 있지만
따라 걷는 내 걸음은 비가 내린다

그래 어쩌면
길을 가는 많은 이들
갈 곳도 돌아올 곳도 모르는
방랑자일지도
함께 간다는 건
내 눈길 그 끝에 네 눈길이 와서 있다는 것
돌아갈 집 하나 함께 만들어 두는 것
끝내 우리는
푸른 별을 삼키는 낙타 함께
춤을 추며 길을 가는 순례자일 뿐

약속

봄날 새벽 숲속에
쏟아져 내리는 새들 노랫소리는
어린 새싹들을 향한 응원가
그 새싹들 시퍼런 잎으로 퍼져 나와
한 여름 따가운 햇살을 받아먹고
만물에게 쉼을 허락하며 제 몸도 살찌운다
세상은 그런 거다

무엇을 향한 총질인지 답답하지만
그 속을 뚫고 아프간 땅에서 모진 생명
수백 명이, 어린 새싹이 반 넘는 끈질긴 생명들
거대한 새 한 마리가 그들을 큰 날개로 품었다
그리고 살았다, 그 황무지 생명들

꼭 돌아오마, 그 약속 지키려 제 목숨 걸고 살렸다
그런 거다 세상은 원래 그래야 되는 게 사람살이다
그날 그 숭고한 비행기 소리가
이 땅 온 지구 위에 평안한 쉼을, 행복을 뿌려주는
봄날 새벽 숲속 새들 노랫소리가 된다면
참 좋겠다 좋겠다

詩

옹달샘 속에 하늘이 담겨있다 말할 때

옹달샘은 나에게 물을 주지 않았다

옹달샘은 눈 비빈 토끼가 마시는 물이다 말할 때

옹달샘은 역시 나에게 물을 주지 않았다

옹달샘 물가에서 뜬 눈으로 밤을 새웠다

왜 나에게 물을 주지 않을까 밤새 따졌다

새벽녘 목이 마른 내가

옹달샘 앞에 무릎 꿇고 엎디어 입을 담갔다

옹달샘 안에서 하늘이 일어나고

눈 비빈 토끼가 나를 바라본다

옹달샘이 드디어 내게 물을 주고 있다

아가야 같이 걷자

깊은 밤
엄마 나 힘들어 막내딸이 전화를 했다
작곡가는 내 길이 아닌가 봐
딸의 메말라 있는 말투가
울음보다 더 슬프다
새벽까지 전화가 끊기지 않는다
병원에라도 가야 할까 봐
응원을 구하는 무기력한 딸의
사막 같은 길 위로
늙은 엄마는 함께 발을 내 디뎠다

아가!
오아시스를 얻은 자의 마음이 어떨까?
엄마!
그건 아마 이젠 살았다 하는 마음이 아닐까요?
그래!
너는 사막 한가운데 서있다
마냥 서 있을 수 없는 사막 한가운데 있다
너의 오아시스를 찾아야지 길을 또 걸어야지
걷다 보면 그 길 끝에 분명 있겠지
너만의 오아시스

한참 동안 전화기 혼자 고요하다

낙타 한 마리 동녘 하늘을 걷고 있다
막내딸과 제 엄마가
낙타 함께 걷고 있다
햇살이 고운 모랫길을 열고 있는
이른 아침에

서리꽃 혹은 상사화

추운 밤
어둠 먹고 핀 꽃

따스한 아침
햇살 사랑할 수밖에

님 미소
꽃잎 다독일 때
사랑한단 말 못 하고
눈물 머금고 돌아설 수밖에

끝내 못 이룰 만남
우린 안다

눈물이 사랑인 것도 안다

빨강 우체통

때로는
소망을 담았었다
어머니 보고 싶어요
건강하게 오래 사세요

한때는 그리움이었다
보고 싶다 보고 싶다
올해 첫눈이 유난히 늦어진다며
애타는 그리움이었다

가끔은 기다림이었다
눈물 가마타고 떠난 큰누나
고향 바람에 소식을 묻던
간절한 기다림이었다

지금도
그 소망 그리워하며
그리움을 기다린다
이제는 내 가슴으로 들어온 기다림
우체통 발그레한 얼굴

봄 나들이

경주 보문 단지
벚꽃 구경 좋다기에
아침밥 챙겨 먹고 나서는 발길 앞에
나도 꽃인데
댓돌 아래 민들레 내 발목을 붙잡고

우리도 꽃 춤 추자
울타리 밑 개나리 내 손잡고 뱅뱅

대문 밖 밭둑 위에
큰개불알꽃, 애기똥풀
꽃 꽃 꽃
이슬 함께 눈이 부셔
정신 줄 놓았었나

어느덧
서녘 하늘

살구색 노을 하루를 접는
봄 저녁이 되었네

볼우물

보조개
웃음의 그림자

앞서 간 듯, 혹은
뒤처진 듯 멀어졌다가
어느새 내 곁에 와 있는
그림자는 배신하지 않는다

때때로
넘어진 나를 세우는
희망의 푸른 그림자
미소 뒤에 살짝
숨어있는
진실의 하얀 그림자
볼우물

별의 소원

지구별 위
세상 모든 사람들
은하처럼 고요하고 행복하면
좋겠다

유성처럼 슬프지 않으면
좋겠다

그대들
모두가 별이기에
가슴에 어린왕자를 품고
서쪽으로 걷고 있는 별들이기에
행복하게 된다면

참 좋겠다

매화 斷想

햇살이 고와
매화 글 쓰려다
퇴계 선생과 두향이의 인생 시 앞에
온몸이 떨려 떨려서

바라볼 수 없어
매화 꽃잎을

바라볼 수가 없어서

도산서원 마당만 빙빙 돌다
봄 하늘 아래 나는
낙동강물이 되었다

동화천

하늘이 보고픈 동화천
오늘도 온종일 누워 있다가
끝내
하늘 모퉁이에
시냇물 하나 만들었습니다

할머니 한 분
동화천을 내려다봅니다
마음속 깊이 시원하게 흐르는
시냇물 하나 갖고 싶은 것입니다

동업자(同業者)

가을 입은
할머니 몇
화투판 펼쳤다

풍사리가
왜 안 되나
왜 안 되나

십 원짜리 동전이
돌아앉아 울고 있고

머리 위 단풍잎 하나
떨어질까 말까

노란 웃음
발갛게 내려다본다
떨어질까 말까

동그라미

세모들이 모여 사는 산동네가 있습니다

그들은 가끔 새로운 세모를 불러들여 산을 만들었습니다

오손도손 재미나게 살았습니다

어느 날 동그라미가 그 마을을 찾았습니다

세모들이 동그라미는 산이 될 수 없다 했습니다

동그라미는 그들의 가족이 되지 못했습니다

동그라미는 슬펐습니다

세모들이 사는 산동네에 심한 가뭄이 들었습니다

나무들이 말라죽고 새들이 떠나갔습니다

세모들은 동그라미를 불렀습니다

애타게 불렀습니다

동그라미가 세모들이 사는 산동네로 갔습니다

세모들 가운데 깊고 큰 동그란 호수를 만들었습니다

세모들의 산동네는 나무가 다시 자라고 새들이 노래합니다

동그라미는 친구를 불러 동그란 보름달을 산 위에 띄웁니다

세모들은 동그라미에게 왕이 되라 합니다

동그라미는 왕이 되었습니다

독도

태초부터
섬은 섬에게 기대는 법이 없다
섬은 늘 뭍을 향해 까치발을 한다

독도는 섬이다
해 질 녘, 동해바다 푸른 운동장을 달려와
밤마다 백두대간 품에 안겨 늘어진 잠을 자고
동틀 녘 동해 깊은 물속에서
붉은 해를 건져 올린다

수천 년간 백두에서 한라까지
한민족의 얼굴에
붉고 푸른 기상을 덧칠해온
독도는 오늘도
설악의 물빛으로 온몸을 적시고 있다

도토리 묵

비
바람 한 솥
땡볕 두 솥
다람쥐 배고픈 눈물 한 바가지
그렇게 우리는
동산 안에 함께였다

부부

산다는 건
짜장면을 함께 먹는 일이다
섭섭한 맘 고마운 마음
검게 섞어서
웃으며 함께 먹는 일이다

3부 : 사랑

귀향

가고 싶은 길이 있다

늦가을 늦은 오후
살구색 서쪽 하늘 고향 가는 길
완행버스 타고서 그 길을 가고 싶다
차창에 부딪쳐 멍든 햇살 어루만지며
지나온 내 삶마저 다독이면서
고요히 잠들며 가고 싶은 길이다

살아야 하기에 먹지 않는 계절
숨어 있는 내 허물 다 찾지 못했다
쌓아 둔 서러움 버스에 싣고
그 길 끝에 있을 고향 찾아가고 싶다.

가서
서러움 한 보따리 첫눈으로 뿌리자
빈 들판 까마귀 떼 그 서러움 물고 가서
이 산 저 들녘
행복나무
새봄에 싹트게 하자

탈출

산다는 건 뭔가를 하는 것이다

동화천변 공원에, 강아지가 바람을 물고 뛴다

왜가리가 제 그림자를 쪼아 대고 있다

오늘도 카페 커피팩토리는 살아있고

커피향을 쪼아 대는 내 그림자가 보인다

카페 유리창으로 산과 하늘이 푸른 걸음 들어오고

나나니벌 한 마리 하늘을 찾아 유리창에 계속 머리를 박는다

산다는 건 뭔가를 하는 것이기에

너무 잘 보여서 보이지 않는 하늘을 기어다니며

두 눈이 터져버린 나나니벌 끝내 걸어서 카페를 나선다

뭔가를 하는 것이 사는 일이지만

너무 잘 보여서 보이지 않는 것을 보기 위해

눈앞의 껍데기를 벗는 것이 사는 일이다

제 삶을 탈출한 강아지

바람을 온몸으로 때리며 몸을 키우고

삶의 껍데기를 벗은 왜가리

한 마리 물고기를 입에 물고

카페 커피팩토리를 기웃거리며 푸른 하늘을 날아간다

이별연습

봄날은 슬펐다

까까머리 국민학생 시절
아지랑이 술 취한 봄 어느 날
건너편 민둥산 위
흰 누에 한 마리 꼬물꼬물 산길 오른다
구슬픈 읊조림 귓가 스치는
꽃상여 행렬
어느 영혼의 이별 앞에
어린 가슴 나는 슬펐던가

세월이 흐른 어느 봄날
부모님 곁 처음 떠나
대처로 나가던 고등학생 어린 가슴
고향 동네 비포장길 부모님 앞에서
완행버스 기다리며 설운 울음 꺽꺽대던 나는
봄날이 슬펐던가

돌고 돌아 흘러온 지금
세월의 긴 강물 위에 이별연습이 많았다
슬픔이 우화(羽化) 되어 꽃이 되었다
봄꽃이 되었다

이름

이제서야 정죄합니다
내 이름을 정죄합니다
史家의 붓 끝에서 부활을 꿈꾸다가
인생을 송두리째 옭아맨
내 이름을 벌하여 주소서
이긴 자의 역사에 줄 서고 싶어 싶어서
평생을 절름발이 춤을 추고 가는
내 삶을 위해
내 이름을 벌하여 주소서

이력서

한때는 바다

피어나는 구름이었다가

이젠 돌아와
산새들 노래 적시는
산골짜기 새벽이슬

송구영신

공단 굴뚝 멀리 보이는
요양병원 침대 위에
눈만 껌벅이는 할아버지 한 분
굴뚝 연기 오를 때면
하늘 나는 꿈을 꾼다

고향
봄 동산 오르는
꿈을 꾼다

봄길을 걷는다

소풍

인생길
소풍 나온 사람아
길을 나설 때
엄마가 싸준 도시락을 품은
넉넉함으로 길을 가자
보물찾기 하듯
인생길 구석구석에 있는
아름다움을 찾아내자
장기자랑 무대에서 부를 노래 없더라도
막춤 한 번 온몸으로 털어버리자
집에 가자는 호각소리 울려날 때
널려있는 삶의 찌꺼기 한 봉지 담아
저녁밥 짓는 연기 함께
살포시 길에 오르자
기쁨으로 길에 오르자
차암 즐거웠다고

소방충혼탑

그들은
죽음의 화염 앞에
더 빨리 맞서지 못함을 안타까워했다

파도처럼 넘실대는 두려움을
성큼 넘어서는 용기로 화염과 싸웠다
생명들을 건졌다

연기 속에 절규하는 이들이
내 아이 내 부모 내 누이들이라고
나 죽어 저들이 살게 된다면
저들이 살아 흘리는 눈물이
내 몸을 씻겨 준다면
스스로 촛불이 되기를
바랜 사람들이었다

영웅들이여
고이 잠드소서

그 촛불
그대의 자녀와 아내
남겨진 길 앞에 밝게 비추리라
백합꽃향기로 피어오르리라

부채질

덜컹이는 지하철 안
할머니 한 분
부채질을 한다

우리 아기 착한 아기
자장가 닮은 부채질을 한다

기대앉은 중년 신사 두 눈빛이 스러진다
삶의 노역 앞에 무릎 꿇고 피곤을 베개 삼아 눈을 감는다
고향 집 감나무 밑 너른 평상 마루
감 이파리 속살대는 바람을 껴안으며 잠이 들었다

할머니 부채질 고요하다
살랑살랑 할머니 부채질
고요한 부채질에 지하철이 졸고 있는 오후

무궁화

아리랑 고개
굽이진 길목에는
무궁화가 피어 있었습니다

칼들이 무디어지고
글들이 숨죽일 때
들풀 가득한 골짜기마다
무궁화가 피어납니다
들풀 숨 거두고
질경이가 돋아 나올 때
무궁화 질긴 생명 함께 피었습니다

아리랑 고개
굽이진 길목마다
무궁화가 피어납니다
행주치마 너풀너풀 고개를 넘습니다
햇살 담은 무궁화 꽃
어머니 머리에 꽂혀 있습니다

대구 명복공원* 斷想

한 상 식구로 둘러앉아
숟가락 휘휘 저어 된장국 떠먹던
그 정이 이토록 모진 끈이 되었나

앞산 늙은 소나무도
바람에 가지를 꺾어 내주고
들판 건너 개울가 자갈돌도
물살에 제 몸을 깎았는데
연한 살덩이 속 그 마음이야
세월 가면 바람 되어 날아갈 줄 알았는데
숟가락 휘휘 저어 된장국 떠먹던
그 정이
소나무 등걸보다 더 질기고
자갈돌보다 더 단단할 줄이야

이젠 놓아 도고 놓아 도고
하늘이 울부짖어도
솔 껍질 같은 그 손 차마 놓질 못하고
공원 마당 느티나무만
구름 낀 먹먹한 하늘 비질하다가
하늘길 덜 열어놓고 손을 놓는다

* 명복공원은 대구 시립화장장입니다.

65

忘却

양은솥에
삶기는 어묵 한 다발
하얀 김이 솟아오를 때마다
떠나온 바다,
고래를 그리워한다

보내는 마음 – 노부부의 이별

좀 잡숴보소
먹어야 살지

하늘 가는
그 길에
꽃밥 준답디까

이녁 눈물 밥이
짠지 단지
맛이라도 보고 가소

내 나이 앞에서

걸어온 길 돌아보니
사람 시간 매듭
사다리 되어 길게 놓여있다
사다리 이곳저곳
내가 딴 열매들 핏자국이 보인다
서러운 밥알 붙어있다
새끼들 침 묻은 웃음 스며있다

몇 칸 더 만들어
저 사다리 세워야 할 때
그 앞에서 나를 씻자
햇빛 고요한 목욕을 하자
거룩한 가을바람 불어오는 날
홀로 떨어진
한 조각 구름 위로
저 사다리를 걸치자
그날
도요새 깃털 되어
고운 미소로 사다리를 올라가자

4부 : 삶

고향

젖은 가슴 긴 그림자

처진 어깨 위에 걸쳐 메고 와도

그래그래 개안타

울 엄마 늘어진 젖

어느새 내 입에 물려져 있다

겨울 길목에서

낙엽은 가야 할 길을 안다
첫눈도 제 길을 찾아 내려온다
내 가야 할 길은 겨울 강변길
낙엽도 첫눈도 제 길 앞에서 머뭇거리지 않는다
꿈을 굴리며 길을 나선다
봄눈 되어 새싹으로 만나는 꿈을 꾸며 간다

삶이 서릿발 걸음 앞에 무릎 꿇을지라도

모래바람 강변길 끝
찬바람 부는 빈 들판 그 어디쯤
봄꿈 꾸는 한 사람 피워 둔
장작불 한 더미
무릎으로 걷는 사람 기다리겠지

내 어릴 적

그땐 누이도 동무들도 몰랐을 것이다

봄날
햇살 미끄럼 타는 장독대
옹기종기 머리 맞대고
솔가지에 굽던 개구리 뒷다리
한 꼬집 더 먹으려고 배고파 하던

누이도 동무들도 아마 몰랐을 것이다

백발로 찾은 고향 봄 동산
삼겹살 구우며 눈물 나는 것을
누이도 동무들도 그때는 몰랐을 것이다
지금 흘리는 눈물이
봄 밤에 울던 개구리 소리 때문인지
그리움
속절없는
그리움 때문인지

고향유정

내 고향 산골은
산, 산, 꽃산 뒷산
사이로 흐르는
개울물 송사리

내 고향 산골은
새, 새, 딱새 멧새
아기 구름 오르는
뒷동산 새소리

내 고향 산골은
봄 그늘 하아품
졸음이 버거운
강아지 강아지

다시 보고 싶은

초여름
비 내리는 초가집
담장 너머 펼쳐진 들판의 푸르름
이사 간 큰고모 빈 집 청마루에서 엄마와 먹던 추어탕
먼 산 녹색의 아우성들이 빗줄기를 뚫고
추어탕 뚝배기 안으로 들어온다
마당 한편엔 개구리 뛰고
지렁이 한 마리 마당을 가로지른다
채송화 담장 밑 굴속에 쉬고 있었을 개미들
초가지붕에 떨어지는 비는 소리가 없다
추어탕 후루룩 소리에 물러앉은 빗소리
뚝배기 달그락거리는 소리
시간이 멈춰진 액자 속에 갇힌 풍경
비가 그린 그림

비의 장막
어느 누구도 침범하지 못할
비의 장막 안에 갇혀 있는
엄마와 나만의 그림

다시 보고 싶은

사모곡(思母曲)

어머니는 바람이었나요
봄바람이었나요
병아리 같은 남매들
봄 하늘 올라가
구름 둥지 만드셨던
어머니는 햇살이었나요
봄 햇살이었나요

이젠 돌아와
고향 봄 동산에 누워
어린 남매들 벗어던진
그 둥지를 덮고 계시나요

이 저녁에 첼로를 켜드릴까요
어머니의 봉긋한 그 둥지를
첼로 두툼한 소리로 덮어 드릴까요

붉은머리오목눈이 한 떼가
걸음 앞에서 재잘대는
봄 저녁입니다
어머니

밥 이야기

들판엔
아버지가
계신다
흙을
밥으로
만드시는
등 굽은
아버지가
바람 저고리로
햇살을 두르고
흙을 주무르는
낮달 같은
아버지가
계신다

별 이야기

한때는 별 함께 놀았다

여름밤 평상 위에 쏟아지는 별로 씻기도 하고

찢어진 창호지 구멍에 숨어있는 별을 찾아

지붕 위 박 넝쿨에 뿌려 놓기도 했다

더러는 초가지붕 아래 등불로 매달았다

배고픈 아이들을 사랑한 그 별들 언젠가 이사 가버렸다

밤하늘이 운다 검은 울음을 울고 있다

나도 운다 함께 운다

그리운 그 별들 불러보는 이 밤에

별들 하나씩 떠오르고 있다

글 하나 별 하나

나의 글이 별이 되고 있다

여름밤에 쏟아져 내린 그 별들이 되고 있다

사부곡(思父曲)

내 어릴 적 우리 아버지
코 시린 겨울 밤이면
들려주시던 이야기

호랑이 한 마리 배가 고파
뒷산에서내려온다째보할매부엌에서누런호박한개물고뒷산으로올
라간다추워서그만재채기를하다호박이떨어져굴러내려온다때굴때
굴굴러온다
밤새 굴러 내려온다

다음날 추운 밤에도 굴러 내린다

길 떠나시던
그 무더운 여름 밤에도
굴러 내려오는지 이야기 마무리 못하시고
아버지 먼 길 떠나셨다

지금도 겨울 밤이면
고향 뒷산에는
호박 한 개 굴러 내려오고 있다
발 시린 호랑이
멍한 눈에도 눈물 고인다

설날 아침

섣달그믐 깜깜한 밤을 틈타
낯이 설은 날 성큼 들어선다
설날이다

얘들아!
아비는 설빔으로 받은 타이어표 검정 고무신 한 켤레로
새로 받은 365일 앞에서 고향 동네 온 골목을 휘젓고
물 건너 읍내 극장까지 점령했다

얘들아! 일어서자
너희들의 일 년 앞에 힘차게 한번 일어서자
앞이 캄캄한 시절이 섣달그믐 밤보다 어두울까?
내일이라는 벽 너머에 꽃길일지 자갈길일지
너도 모르고 나도 모른다

타이어표 검정 고무신으로 골목을 휘젓고 물 건너 꿈을 찾던
아비의 기백을 너희에게 주고 싶다
한 번 더 일어서자
설날은 일어서야 되는 날이라고
설 날이 아니더냐?

아버지도 웁니다

잘 볼 수가 없습니다
아버지의 눈물은
이슬처럼 새벽에 왔다가 사라집니다
어쩌다 폭포처럼 눈물을 쏟지만
누구도 본 적이 없습니다
아버지는 그렇습니다
새끼들이 볼까 봐 들을까 봐
아버지는 그렇습니다
진로소주가 아버지를 마셔버려
보이지 않게 된 아버지는, 새끼들 앞에서
소리를 지르며 울 때도 있습니다, 하지만
그 울음, 새벽이슬 되어 사라집니다
햇빛을 껴안고 하늘로 올라갑니다
아버지 해가 됩니다

애비 마음

살아보니
돈이 일만 악의 뿌리가 맞네 싶더구먼
사실 그래 뒤돌아보니
맡은 일 열심히 했는지
식솔들 굶기지는 안 했고
살면서 내가 뱉은 말
야들아
살아가는 달콤함은
돈으로 구하는 것보단
글 그림 음악으로
내 세상 만드는 게 더 달콤하다 했더니

내 새끼들 나 닮아
돈 따르지 않는 게 대견하다만
몇 푼 징기는것도 필요한 세상이라
내가 뱉은 말 끝까지 두려워
이제사 새끼들 주머니에
돈푼이나 넣어 주고 강 건너가려고
밤늦은 시간에 별을 따는 마음으로
노트북 자판 두드린다

수리수리마수리 돈 나와라 펑
주문 외운다

어미

지는 해 노을 속으로 달려 들어간 기찻길에 서서 내 새끼 머릿결 냄새 혹여 날아올까 서풍은 왜 안 부나 왜 안 불어오나 코만 들었다 놓았다 배고픈 강아지가 되어버린 가을 저녁이 저문다

자화상

나는 안개다

해가 떠오르면
새벽 눈물로 잉태한
수억의 흰 나비떼를
해산하는

나는 안개다
세상 모든 먼지를
흰 나비떼
날갯짓에 옷 입혀

하늘로

하늘로
올려 보내는 나는 안개다

진달래

족두리 쓴 큰 누나
먼 산 너머
아지랑이 산길 떠나간다고
내 동무 덕이는
새 고무신 손에 쥐고
뒷동산 진달래 숲으로
한나절을 파고들었다

할아버지의 원두막

졸음이 쏟아지는 건
할아버지의 속 깊은 뜻일게다

뒤돌아 앉은 원두막도 아이들 편이다
먹지 못해 깡마른 것들
수박배라도 채우라는 할아버지의 마음이다

그날도
할아버지는
그 아버지가 그랬듯
수박 배를 두드리며 잠자리에 드는
배고픈 아이들의 세월을
원두막 함께 지켜주고 있었을게다

신앙시

2023 여름방학

지묘 초등 앞 예수님 전도하는
솜사탕 할배 1학기 마지막 날

방학식 마친 낯익은 여식애 눈이 붉다
어디 울 일 있었냐고 물으니
참새 같은 친구들이 곁에서 조잘댄다, 쟤는요
방학식 때 선생님 인사말에 감동 먹었어요
솜사탕 안겨주고 달콤한 맛에 눈물 그칠까 싶었지만
솜사탕 한 입에 눈물 한 방울 자꾸 떨어진다
선생님 어떤 감동 줬을까아, 넌지시 흘린 말에
초롱한 참새 한 마리 곁에서 조잘대기를
부족하고 못난 나에게 한 학기를 잘 배워줘서 고맙다고
덩치 큰 참새 선생님 말했단다

여식애 머리를 두 손으로 꼬옥 감싸고
솜사탕 할배가 쓰다듬는다
고맙구나 넌 시인의 마음을 가졌구나
그래그래 개안타 울어도 된다
그 선생님 마음 어느새 날아와 솜사탕 위에 앉았다
솜사탕 부풀어 구름 위로 올라가고
여식애 젖은 눈 길, 건너편 교문에서 떨어지지 않고
참새들 콩콩거리는 여름방학 날 오후.

경상도 사투리

쫌.

쪼옴.

쪼오옴.

영어로 Please다.

엄마가 말한다

얘야 이것 쫌 해다오

개구쟁이 동생에게 누나가 화를 낸다

저리 가, 쪼옴

사랑을 잃고 울고 있는 여인이 절규를 한다

날 좀 내버려 둬, 제발,

제발, 쪼오옴

하나님 나에게 말씀하신다

내 얘기 믿어봐, 이제, 쪼오옴

그렇게

그렇게 말씀하신다

가르침

녹색 창문 이웃집엔 스승이 산다
돋보기 함께 세상을 읽는 스승이 산다

바람이 분다
아까시나무 향기가 떨며 녹색 창문으로 들어간다
외래종 5월의 꽃이 투영된다
꿀벌들의 날갯짓이 바빠진다
꽃이 떨어지기 전 먹을 것을 장만하는
날갯짓 농성에 봄 하늘이 진동한다

스스로 있는 자가 웃고 계신다
우리를 가르치신다

거듭남

조명이 꺼졌다

무대 위에는
겨울 강 시린 바람만
구멍 난 가슴으로 흘려보내던
사내의 그림자가 울고 있었다

조명이 다시 켜졌을 때
새가 날아다니고
강물은 햇살 반짝이는 소리로 흐르고
강가에는 연둣빛 폭죽이 터지고 있었다

그곳에
내가 하얗게 서있다

나무를 심다

심어진다는 것은
구별된 땅에 살라고
선택받는 일이다
심는 자의 뜻이 무엇인지
분별하며 사는 것이
나무의 꿈이다

오늘도 나무는 꿈을 꾼다
열매 맺기를 소망한다
큰 그늘 아래 새들이 날아들고
가지 끝마다 사람들의 웃음소리를
매달고 싶어 한다

나무는 오늘도 꿈을 꾸며 길을 간다
햇볕,
바람,
빗줄기 한 아름으로
가지를 하늘로 펼친다
심은 자의 뜻을 분별하려고
인생길 같은 가지를 하늘로 펼친다

두오모 성당*

이탈리아 피렌체
대성당 광장 한 모퉁이
좌판을 깔고 예수가 껌을 팔고 있다
까무잡잡한 얼굴로 허기를 먹고 있다

대주교가 광장을 지나다
예수의 껌팔이 좌판을 발로 걷어차며
불경스럽다고 동굴 목소리로 꾸짖는다

흩어진 껌들을 주우며 예수가
광장에 앉은 동방에서 온
중풍병 들린 늙은 영감의 두 손을 잡아준다
돌아갈 때 배고프면 먹으라고
포장이 벗겨진 껌 두 개를 손안에 쥐여주고 있다

두오모 성당 둥근 지붕 위
까마귀들이 아는 체하며
노을 비끼는 하늘 향해 聖歌를 부르고 있다

* 두오모 성당 "산타 마리아 델 피오레 대성당"

98

몰락

이 땅
아침이 무섭고
저녁마다 놀랍다

지혜 얻은 자들 거짓을 덧 입고
성결한 자들이 스스로 높아졌다
눈물이 흐르는 까닭은
많은 사람들 그것을 좋게 여긴다는 것

마지막
밤이 오는 저녁에
우리는 어디에 있어야 하나

"이 땅에 무섭고 놀라운 일이 있도다 선지자들은 거짓을 예언하며
제사장들은 자기 권력으로 다스리며 내 백성은 그것을 좋게 여기니
마지막에는 너희가 어찌하려느냐"
〈예레미야 5장 30절~31절〉

성탄절을 생각하며

눈이 올 이유가 없다
그는 죽기 위해 태어났다
아버지의 계획이 있었다
그는 구유에서 나셨다

그 옛날 갈대 상자에 담긴 아기가 있었다
어미는 나일강 물 위에 상자를 떠내려 보냈다
아기는 자라 한 민족을 구원하였다
그 심정으로 아버지는
아들을 이 땅에 떠내려 보냈다
기뻐하는 자들을 기뻐하기 위한 아버지의 마음이 있었다
스스로 있는 것에 대한 인간들의 반란을 불쌍히 여기셨다
오래전 한때 보기에 심히 좋았었기에
마지막 사랑을 베푸셨다

눈이 올 이유가 생겼다 순백의 동산을 이 땅에 만들고 싶은
아버지의 기쁜 마음이 있었다

성탄절에는 눈이 와야 한다
모든 붉은 것을 덮어 버리는 녹지 않는 순백의 하얀 눈이
온 세상에 내려야 한다

세족식

새벽 기도 그 무릎을
당신 앞에 드립니다

당신 고요한 발 앞에
내가 무릎을 꿇습니다

물에 잠긴 당신의 발은
아무 말없습니다

이 발이 여기까지 왔습니다

첫발자국 떼던 큰 애 손을 이끈
당신 발입니다
그 발을 내가 씻겨줍니다

딸아이 시집 보내던 날
무너진 그 마음 아닌 척
고개 떨구고 화장실로 걸어간
거룩한 발입니다

내가 그 발을 씻겨줍니다

평생 말 한 번 못하고 살아온
거룩한 그 발을 내가 씻깁니다

순종

내가 걷는 이 길은
나의 걸음이 아닙니다
걸음을 이끄는 손은
걷는 자가 아닙니다

바라기는 내 걸음이 비틀거려도
화를 내지 마십시오
내가 넘어질까 두렵습니다

손을 다시 한번 잡아 주십시오
무릎으로 걸을지라도
길 위에서 내리지 않습니다
당신을 향합니다

엠마오, 4월의 길

걸음을 옮길 때마다
땅이 기울고 햇살이 분노한다

터벅터벅
터벅터벅
좌절한 엠마오 먼짓길을 걷는다
길들이지 못한 단어들이 발길 앞에 채이고
바위들마저 낙심한, 4월의 길을 걷는다

내다, 내가 여기 있다
토닥토닥 토닥토닥
크고 흰 미소가 가슴을 다독이는
그 길 위
막막했던 그 길 위에는
동산 나무 흰 꽃이 다시 피는
밝고 맑은 길이 펼쳐져 있었다

회개

슬픈 건
자귀나무 연붉은 등불
새벽 봉창을 두드리고
수리부엉이 무심한 울음소리
산골 밤을 흔든 것 때문이 아니다
아직도 사람들에겐
태초의 거짓이 피로 흐르고
그것을 맑히는
눈물 한 방울 없다는 것

동녘 하늘
새벽빛 담아 둘
눈물 한 방울
나에게 없다는 것 때문이다

그래 그래
괜안타
울어도 된다